桃の湯

momo no yu

河邉由紀恵

思潮社

桃の湯

河邉由紀恵

思潮社

目次

写真＝大河内信雄
装幀＝思潮社装幀室

桃の湯

母の物語

蔦やかずらが手をのばして　屋敷の石垣にからみつき　庭木は小路までしだれています　深いひさしにおおわれた海の底　のような屋敷に　母はひとりで住んでいます　母は毎日たまごをたべます　魚やかえるのたまごです　朝も昼も夜も　そのあいだも　母はたまごをたべつづけます　母はぷるぷるると　太りつづけました　母はつるつるとした白い腹を　上に向けてしめったベッドに　いつも寝ています　母の部屋は　散らかっていて　夜になっても明かりはつきません　ときに光がさしこむと　何者かが　のぞいているような気がして　母はいそいで　魚やかえるのたまごをたべるの

です　綿ほこりが水草や藻のように　母の部屋をおおっています　絨毯はあらゆる音をのみこんで　いつも静かです　もう　ひとなみの生活はできませんできません　ひとなみにさすったり　さすられたり　するされるひとがほしいと　母はねがいます　くおりあ　くおりあ　さするひとはいつも　時間のふちにいるというのに　母のそばには　だれもいないのです　くおりあ　くおりあ　とねがっていたら　男がやってきました　男はやせていて　とてもつかれていました　男はかるかやが茂る　平原をわたる旅から　帰ったばかりでした　男はあひるのたまごのような　のどぼとけを持っていました　母はひとめで男を気にいって　さすられたいとねがいました　男は母のつるつるとした白い腹をあいしました　ひとなみにさすったり　さすられたりするされる　いとなみが　はじまりました　絨毯はあらゆる音を　のみこみました　けれども　すきまからだれがのぞいても平気でした　母はもう　魚やかえるのたまごをたべなくなりましたそれから　わたしが生まれました

桃の湯

ひるすぎの桃の湯には
だれもいない

うすら広い脱衣場
考えるのをやめるために
ここに来ているのに
やはり　私は考えている

桃の湯の表には
誓願寺という観音寺があり
ふわっとした風にのったおばあさんが
墓のそばで
鳩にパン屑をやっているのを見た

桃の湯の裏には
ドノヴァン7というホテルがあり
ざらっとした背中のおんなが
腕をからませて
男とミュールで歩いているのを見た

桃の湯は
そのあいだにある

ねっとりと　空気がしずかな場所だ

せっけんを泡立てて
膝のうらがわを洗う
足のうらを洗う
背中を洗う
それから

ぬるいほうのお湯に体をしずめる
やはり　私は考えている

毎日会いつづけないとだめなのよ
ふわっとしたおばあさんと
ざらっとしたおんなが

耳底でささやく

すいこうせよ　ただようもの
すいこうせよ　まぐわうもの

桃の湯はねっとりと　しずかな場所だ
やはり　私は考えている
が　もうわからなくなる

お湯からあがりタオルで体を拭く
赤いミュールを履いて桃の湯を出る
ドノヴァン7の蛍光ピンクのネオンの下で
待っていた男と腕をからませる
誓願寺の鐘を聞きながら

なつかしい墓のそばで
鳩にパン屑をやったりすれば

ふわっとしたさみしさはますだろう
ざらっとしたあすさえもおそろしい

そして
私は　本当に
考えるのをやめる

マミーカー

夕方になるとおばあさんはマミーカーを
押してだりや荘を出るがらがらがらとマ
ミーカーの音をひびかせておばあさんは
区民センターの前を通りすぎるおばあさ
んはだれとも喋らないからおばあさんの
舌はもう小鳥の舌よりも短いおばあさん

は櫛でとかさないからおばあさんの髪は

もう白くてぼうぼうだおばあさんはひの
光りにあたらないからおばあさんの体は
もうさなぎのようにかわいているおばあ
さんのマミーカーは五福まんじゅう店を
すぎ揚柳の布がかかったさくら整骨院を

すぎさらに路地をまがりさらにお好み焼
きぼっこうをすぎあざみ食堂をすぎさら
に道をまちがってドノヴァン7の裏の桃
の湯まできてしまったおばあさんはマミ
ーカーをとめたおばあさんはここにくる
といつもあまいようないたいようなへん

な気持ちになるおばあさんのかわいた体

は桃の湯の湯気によってねっとりとしず
かにしめってくる本当におばあさんの体
はしんのしんまでしめってくる毎日会い
つづけないとだめなのよしめったこの場
所であのひとは盃からお酒をのむように

わたしの髪をひとすじ口にふくんで遠い
目をして泣いていたわたしは泣いている
あのひとのうすい背中をさすりつづけた
ぬるいお湯のなかでわたしたちの膝は洋
梨のようにゆがんでゆらゆらゆれていた
さするひとはいつも遠いところにいると

いうのにもうほんとうの遠くにいってし

まったあのひともこのひとも記憶のなかのひとたちはみんなふかい深いところに沈んでいるからおばあさんの体はだんだんひえてゆく本当におばあさんの体はしんのしんまでひえてやがてはおばあさんの体はいつものさなぎのようにかわいてゆくおばあさんのマミーカーがまたうごきはじめるおばあさんはだりや荘にもどってゆくだれもいない袋小路へがらがらがらと音をひびかせておばあさんが帰ってみるとおばあさんのだりや荘は青くぬりかえられていた

ペダル

夕暮れになるとおじいさんは自転車をこ
いで桃の湯に行くカタカタカタとペダル
の音をひびかせて区民センターの裏を通
りぬけるおじいさんはもうなにもかもも
とめるのに疲れているおじいさんのかす
んでゆく視力にしわがれるのどおじいさ

んのうすれる記憶にかわいた体それでも
湯気にあたるとかわいた毛穴はわらわら
とひらき汗が吹き出しぬるめのお湯がし
みてくればかわいた体はゆらゆらゆれて
いい気持ちになるおじいさんはカタカタ
カタとペダルの音をひびかせて桃の湯を

出て誓願寺の黒板塀にそって自転車をこ
ぐこいでこいでどこまでいってもつきな
い塀をすぎたと思ったら道がまがりくら
やみ坂をおりてさらに道をまちがって神
無備の小路にきてしまった闇がギンネム
の木立をぞろりとおおっていたおじいさ

んは自転車をとめたおじいさんはここに
くるといつもあまいようなゆるんだよう
なへんな気持ちになるおじいさんのかわ
いた体はねっとりとした闇によってしめ
ってくる本当におじいさんの体はしんの
しんまでしめってくる桃の湯はしずかに

思い出させてくれるところなのよしめっ
たこの場所で姉さんのようなおんなのひ
とはつぶやいた姉さんのようなおんなの
ひとはいつも湯冷めしない足や腰で体を
あたためてくれたふっくらとした手のひ
らで背中をさすってくれたゆうらりゆら

り姉さんのようなおんなのひとの赤い蛇の目の傘がおじいさんのそばでゆれてまわっていたとおいものまずゆれてつぎつぎにゆれてゆれくるものに*ゆられながらおじいさんはじぶんの体がもうどこにもみあたらないくらいいい気持ちになるお

じいさんは自転車をまたこぎはじめるカタカタカタとペダルの音をひびかせておくやまの川のそばをこいでゆく

*白秋の詩より

ながあめ

ざあざあざあ
ずいぶん雨がつづいているね

赤い蛇の目の傘をさして
うす葉ちりすく神無備の小路をぬけて
桃の湯に行こうか

行きましょう

こんな日がくるのを待っていた
うづの御経の黄金文字を書くのはやめましょう

ざあざあざあ
誰もいない桃の湯で髪ぬれて
お互いからだを沈めあい目を閉じる

とおいものまずゆれて　つぎつぎにゆれて
ゆれくるものに　ただゆられつ[*1]
ざあざあざあ

ぼくたちは忘れられているね

かなしいの？

たっぷりとした水の中で　わたしたち
日がのぼるとき　眠る珊瑚になればいい
ゆられゆられつ
ざあざあざあ

桃の湯は
しずかに忘れさせてくれるところなのよ
外套の買えない詩人はどこかへ行き
赤道に現われる人魚はしずんでゆく
ざあざあざあ

ぼくたちは
すべて　忘れてしまうね[*2]

＊1　白秋の詩より
＊2　岡崎京子『ぼくたちは何だかすべて忘れてしまうね』より

てがみ

どこまでも
夕方が　つづいている
ひとの姿が　ぼんやりと遠ざかる
暗くなる　道にむかって
おばあさんが歩いている

湯あがりの

藍地の浴衣のすそから

おばあさんの
しろいくるぶしが
見え　かくれする

花豆のような　しろいくるぶしは
ほんとうに　おばあさんなのだろうか

誓願寺の
黒板塀にそって

細い路地をまがり
よみせ通りをぬけて

おばあさんについて
川まで　来てしまった

わたしは　てがみを　だしにきたのです

かすれた声をかけると
おばあさんはふりかえり

よごれた　てがみは
ながすものよという

ここには
青い闇が　みちている

たゆ　たゆ　たゆ
てがみは　ながれ　ちぎれて
白い魚になって　およぎだす

ラジオ

よみせ通りに　しん
夜が　ひんやりとしてくると
おじいさんは
ほつれた楊流のカーテンをひいて
ねどこにはいって
古いラジオのつまみをまわす

あで　るま　あい　です

ラジオで　はなく
別のしらない場所から
きこえてくる

どこか　ゆるい
アルトの声

なよなよと　かぜが　ゆれ
声が　匂う

女の声の

あかいような　あおいような
匂いが

ねどこの中まで　しみこんでくる

誰かが　めろっ　と
首すじに　さわるように
さ　わった

窓の外を　歩いている　なにかの
あし音がきこえる

路地裏の外灯が　ついたり
きえたり　している

おじいさんの　のどぼとけが
ふく　れて
ふるい夜が　おちてゆく

かるでや文庫

夕闇がせまると少女はやよい坂の下のかるでや文庫の
裏庭で草取りをはじめる文庫にはふるい少女倶楽部や
少女世界少女の友とからの鳥籠がおいてある赤いミュ
ールをはいたまましゃがんだ少女はちむちむちむと草
をむしりながら考えているぼんやりと薄明るいところ
みぞのまわりの粘土質の土のところはねっとりとしめ

っていてコケやほたる草やちどめ草がはびこっている
少女はコケの上を這うちどめ草をぬいているかたわら
の古い煉瓦でできたみぞにはやよい坂の上から桃の湯

の残り湯がひよひよひよと低みにながれてきて硫化水
素や炭酸かるしうむの匂いがしている湯のなかの白い
からだのおんなたちの笑い声やわらかいからだをあら

う石鹸のすべる音がひびいてながれてくるたのしそう
な楽園のよろこびとほころびサウダージみぞをとおり
ながれてきたおんなの髪の毛のようなほそい糸のよう

なちどめ草の茎がぬいてもぬいても少女の指にひよひ
よひよとからみついてくるほそいほそい草ぐさは少女

のうす桃いろの指さきをちむちむちむとしめつけてく
る少女はいたいようなかゆいようなへんな気持ちにな
ってゆく少女の体じゅうのくだとくだというものほそ
い血管やらふとい血管赤い血管やら青い血管あかむら
さきの血管や少女のゆがんだ卵管たちはちどめ草によ
ってちむちむちむとしめつけられ少女はもうどうしよ
うもないくらいいい気持ちになってゆくそのときしめ
った土のなかからやわらかい球形のものがひとつでて
きたああみおぼえがあるものあのときうめたものあの
とき生まれたものあのとき死んだものみおぼえがある

もの幸福にぞくするものはすべてまるいと少女は遠い
むかしになにかの本で読んだけれど今はもうそう思え
ないわゆがんでみえることもあると思いながら少女は
かるでや文庫の裏庭でふたたび考えはじめる

はべらのニルヴァーナ

水月ホテルの玄関先にはえる想思樹の下でおとこはつかれたはべら[*1]をつかまえたおとこはいそいでホテルの裏からでて路地から路地を走りぬけてはべらを家に連

れて帰りはだか電球の傘の下のちいさな短冊形の板に寝かせたおとこはそらごとの合意のうえではべらの背中をさすりやわらかなからだの真ん中にきしと細い針

をさすおとこははべらがさかしまにかたむかないように垂直にくびを板に固定するはべらはひいるひいるとあえぎはじめるおとこはニルヴァーナをとなえるニルヴァーナと血はでないなま温かいはべらの背中は右と左みぎしたとひだりした右うえと左したにわかれきちん質の太いすじが葉脈のように膜状にひろがっている

その膜には鱗があるのを見つめながらおとこは息をひそめてはべらの膜のつけねの骨のようなところいたいようなところを針でひいるとゆるやかにひきあげるそのときはべらの肉いろの感覚を指先にたしかに感じたおとこはいつのまにかはべらのひいるひいるという恍

惚の声のひびきとともにランタナや月桃の花がかすれた息を吐き熟れたフクギの実がすえた匂いをはなつ遠いだりやみ[*2]の島につれてゆかれたはべらはおとこにあざあざとした鱗をまき長いめしべをからませてくる島

のねっとりとしたくろい時間の中ではべらは白いおおきな翅をもつ蝶でありうすい花びらをもつ花であったおとこはもうどうしようもないくらいいい気持ちにな

ってひいるひいるとあえぎはじめるはべらはニルヴァーナをとなえるニルヴァーナとおとこがよこに目をやるとはだか電球の傘の下ではべらのよこに他のはべら

がいた他のはべらの隣にも別のはべらがいたおりまげ
てもたたんでもけっして音や声をたてないはべらたち
のよこすがたがずらりとならんでいるのであった

＊1、2はべら、だりやみ　奄美の方言でそれぞれ蝶、晩酌の意

妹の物語

水月ホテルの　うらのお寺の庭では　いま　大きなしだれ桜が満開です
お寺の隣の　古い木造の平屋の家に　わたしは妹とふたりで住んでいます　朝になっても　妹は寝どこからでてきません　妹はなまぬるい　寝どこがすきなのです　というより　からだがおもいのです　からだのなかに　おもい水がたまって　ちゃぽちゃぽ　音がするのです　長い寝どこのなかで　妹はゆるゆるうごきます　同じところでゆれて　そのまま溺れそうになり　そのまますべてを　終わりにしたいと　たくらんでいるようです　わたしはひとさしゆびの　長い男がこの町に　帰ってきていると

いう　うわさを聞いてきました　妹は男に　会いたかったし　会いたくはなかったようです　男は妹がはいっている　しろいたまごを　いつもほしがるのです　お寺の隣の　古い木造の平屋の家の　うら口に　ひとさしゆびの　長い男がやってきました　男は妹に　たまごは　とたずねます　そうねたまごは　わくのようなものよ　ぬけられるようで　ぬけられないぬけられないようで　ぬけられると　妹は長い寝どこのなかから　こたえていますふうるうふうるう　ひとさしゆびの　長い男の　足もとに　かたい空気が　たまってゆくのが　みえました　うら口の戸の　細いすきまから　うすい水のような　あかりがもれています　男がやわらかな　たまごのわくを　長いひとさしゆびで　そっとつくと　妹のしろいからだがぐらり　おおきくゆれて　南にむかって　水がながれはじめました　妹のからだは　かるくなりました　もう水の音は　しなくなりました　それから妹は　寝どこから　いなくなりました

らくだ公園

あるいて　あるいて
のろり

区民センターのうらの
らくだ公園まで来た
砂場にすわって
あなたのカタチを考える
が　わからない

ゆらり

むかしは
なまぬるい水のなかで
むつみあった
めもくちもてもあしも
あなたはわたしのなかにいた

そこは川のはじまりで
夜も　昼も
さよさよと　かなしく　ひくく
ながれる水の音がしていた

水の音は
人間の脳を育てると
加藤先生はいうけれど

さくら整骨院のそばの
かわいた　らくだ公園には
今は　もう
水がないから
あなたの脳は育たない
雨が降らないから
あなたのカタチはわからない

めもくちもてもあしも
黒い布でおおう

キャラバンサライ　砂漠のひと
頭に甕をのせて
水　みず　みずをさがしてさすらうひと

風とかぜの　あいだからきこえてくる
祈りのことばと
まぼろしの川の音
砂漠のひとは駱駝をおりて
穴をほる

夜も　昼も
さよさよと　かなしく　ひくく
ながれる水　みずをさがして
わたしもらくだ公園の北のはしに

穴をほる

ほりながら
あなたのカタチを考える

赤いミュールの踵でほる
川のはじまりをさがして
埋葬のための
穴をほる

ウォーキング

朝はやく
あたしはうちを出てウォーキングに行く
らくだ公園をすぎ区民センターをまわり　もがみ中学の塀に沿って
あくら通りに出るコース
あたしは次々におばあさんに会う
おばあさんたちはひたすら
道の真ん中を
ふゆん　ふゆん　と歩いている

あたしは早足で歩きながら
まがったおばあさんを追い越し　かくれたおばあさんを追い越す
前方一〇〇メートル　だけを見て胸をはり
姿勢をただしくたもち
一秒間に　二歩　にほ　二歩
かかとからおろして歩く
黒板塀の上に鴉がとまっている
横の畑のまがったきゅうりや　かくれた瓜を
狙っているのだろう　あたしではない
向こうから　男のひとが走ってくる　すれ違いざまにすぐそばで
はあ　はあ　はあ　という
男のひとの息づかいがする
あたしは　はあ　はあ　はあ　の息をすわないように気をつけているのにいつも
その男のひとの最後の

はあ　の息をすってしまう　毎朝すってしまう　し
ふう　すいたくなっている
男のひとの　はあ　の息をすうと
あたしの姿勢は　ひる　ひる　ひる　とくずれてしまい
一秒に一歩になる
それから　あたしは二秒に半歩になって
いつのまにか
ふゆん　ふゆん　と歩く
まがったおばあさんや　かくれたおばあさんになってゆく
のを　塀の上から　いま鴉が見ている

あざみ食堂

路地のおくにあるあざみ食堂の隅の古いコンロに
白い琺瑯の鍋をかけて
纏足の少女はジャムを煮ている
むらさき色の葡萄は少女がすきなもの
少女は葡萄を鍋に入れて火にかける

白い琺瑯の鍋にじんわりと伝わる熱によって
りゅう化水銀の濃いあざやかな赤の朱色から

さん化鉄の黒みがかった紅殻色に変わり
大きなつぶむらさきの葡萄は
赤い金魚のらんちゅうの眼球のようにふくれてくる

鍋にならんだ紅殻色の眼球のような
葡萄の表面をおおう果実の皮が
次からつぎに
てっぺんからはじけてむけてくるので
少女はあわてて木のへらでぎうぎうぎうと
黒みがかった紅殻色の眼球たちのこうべを押さえるが
少女がおさえてもおさえてもふっくらとしたてごたえは
まぎれようもなく
その輪郭はやはり大きなつぶの葡萄などではなく
眼球かららんちゅうか色ねずみの腹にも少女には感じられるけれど

そんなはずはない

昨夜この食堂にでたねずみの穴は
海胆のようなあざみの花のイガでふさいだはずである
今も食堂の隅の穴から
色ねずみの呼吸器がきざむうすむらさきの声が聞こえるから
これは色ねずみの腹ではない

のちに纏足の少女の白いほそいゆび先で
ひとしく皮をむかれた大きなつぶ紅殻色の葡萄のむきみは
白い琺瑯の鍋にしずかに伝わる熱と
少女が入れた百ぐらむすれすれの砂糖によって
マレイの島の海にいるラック貝殻虫からとれるような
臙脂の色に変化して

ぴよぴよぴよとあまい液を出しはじめる

みずからの液でぴよぴよぴよと湯浴みする
らんちゅうと眼球のようなむきみの葡萄たちは
白い琺瑯の鍋のなかの糖度が七十五度になった時に
ふっ点をむかえることを知らない
知っているのはジャムを煮ている纏足の少女だけ

ふっ点はやさしい温度
ふっ点は快楽の温度
ふっ点をきめるのは纏足の少女

大きなつぶ臙脂の色のむきみの葡萄たちは
ふっ点とともに身をくねらせながら

小さく萎えて白い琺瑯の鍋の底へおぼれてゆき
纏足の少女は鍋の底にしずんだらんちゅうたちの
小さな足の骨を木のへらですくいあげる

おくやま

こごみを採りにおくやまにはいったおじいさんは浅い川のそばで渦を巻いたこごみを採っているおじいさんはあざやかな緑のこごみのうえ半分一〇センチのところをぽきっと折ってゆくおじいさんはいさぎよくぽきっぽきっとこごみを折りながら長靴をはいたおじいさんはさらにおくやまのおくの方にはいってゆく色とい

う色はまだ地中に沈んでいるようなおくやまの霧のなかの道ばたの雪だまりの下からおもい冷たい雪におされながらふきのとうがひとつ芽を出しているのをおじいさんは見つけるそれはまだ貝のように眠っていて光合成を受けてもいない蠟梅のようなたまご色のいたいけな蕗のつぼみでありやわらかくて骨のない金蓮のようなよわい小さな足のような姿でもあるのでおじいさんはこごみをつんでしんのしんまでしめった泥のついた軍手をはずしてまだ誰も見たことのないやわらかい小さな足を素手でそろりとなであげるおじいさんにそろりそろりと触れられることをいとわない小さなやわ

らかいその足はかかとのうちおりが傾いていて弓のようにまがることを求められたかなしい足でもある太っても痩せてもいず小波の上を歩くようにゆうらりゆらりゆれていた小さな足に姉さんのようなおんなのひとは痩金蓮方や妙蓮散のなん膏薬を毎夜まいよ塗っていたああらあまあやなこの世のものはみんな違っているけれど嚙んだときのあのにが味や何ともいえないかぐわしい匂いは同じひとつのものであるしやはりどこかつながっていると考えるうちにおじいさんはあまいようなゆるんだようななつかしいへんな気持ちになって

ゆくけれどおじいさんはその足をぽきっとつんでしま
うやわらかいあわい黄色を透かしてほんのりあわい緑
が見えるおさない小さな足はおくやまのさらにおくの

方でぴよと声をあげるまえにおじいさんの指につまれ
てゆくおじいさんはもう考えるのをやめているおくや
まにはこごみを採りにはいるふきのとうやたらの芽や

こしあぶらや山うどを採りにはいるときにちいさな金
蓮のような足をみてもおじいさんは見ないふりをする

球根

あざみと茨が生い茂る古い館の厨で老ばがひとつの球
根を栽培している白色でそうそうとうろこのような鱗
片が重なるその球根はうすくて黒い皮に包まれている

老ばはその球根を籠にいれて朝も夜もながめているお
よそ幸福にぞくするものはすべてあの月のようにまる
いのだから球根をみつめるのはこのうえなく楽しいな

ぐさめの植物そらね草あまから草ひよす草どぅるかま
ら草よりも老ばはひとつの球根を偏愛している表面に
ついた蠟のような無色のぶっ質によって光沢をまして

しろい月の光のなかで球根はいま夜をのぞんでいるゆ
煙をふくませた赤い東洋の絹の布で老ばはいとしい球
形の球根のぶぶん全体を光るまでみがいている球形の

これが世界あがったりおりたりいっさいはさかさまに
おこなわれとめどなくまわるこれが世界月がおぼろな
夜老ばはあたりをみまわしてきしむ窓を閉め敷いたま

まの夜具のなかに球根をいれて添い寝しながらつぶや
く南半球産おりえんたる系本草綱目球根はかいどうの

やけつち球根はとうきしゃしゅうこうりょうょう

どんろんどんろん

球根は腫れて緊張しいっ種の光沢をおびるがすでに弾
力がなくなり老ばが指さきで圧迫すれば指あとをとど
めるというっ血性水腫あるいはねん液性水腫の病を
もつ球根なのですと昼に薬草を求めて館をおとずれる
人にはあわれさをよそおいながらも夜にはそれをひる
がえし老ばはまこと球形の世界をみつめているうちに

どんろんどんろん

老ばはひとつの球根のすがたを確信しはじめる月もな

い夜老ばは球根を籠にいれ城にむかって歩きだす球根
は石灰窒素硫酸あんもにうむ尿素硫酸かりうむ塩化か
りうむ球形のこれが世界球根はばくだん球根はばくだ
んと唱えながら老ばは球根を城になげいれる球は硝子
の音がするこわれるのに造作はないなかはうつろ皮膚

のいちまい爪のかけら衣服の糸がはいっているだけで
なかはうつろ墓石のきづたがのびてきた古い館の厨で
老ばはまたひとつの球根を栽培している

足ゆび

夢の中でも
知らない風景をながめていたくない

夜中にとろり
何度も粘着の
寝汗をかいてしまう

もう　すきどまっくすとか

はなさないとか
いわないで

あんたの甘い言葉のせいで
むすめの右の足ゆびは
ごむ人形のように
ながくのびてしまった

私がかぞえた
むすめの足ゆびは
どこにもみあたらない

庭ではミツバチたちが分封しているし
私はいつも疲れている

昨日も今日も
袋いっぱいのヤブカラシの蔓をぬいてきた
てのひらはかぶれて
油脂はないにひとしい

むすめに　そろそろ
靴をはかせてほしい
ルブタンの
レペットの
ジミーチュウの
ＡＢＣマートのだっていい
歩ける靴をはかせてちょうだい

このあいだ

あんたおすすめの
松の木の汗蒸幕や
黄土の岩盤浴に行かせても

体じゅうの毛穴から
ひるひるひると汗が出るだけで
むすめの右の足ゆびは
少しもちぢみやしなかった
だから

勝手に穴から連れ出すよ
ねっとりと
空気がしずかな　あの場所へ

むすめが好きな
あの場所で

すみ色の石けんを　たっぷりつけて
いっぽんずつ
足ゆびをもみほぐしながら
ぬるいお湯で
ていねいにあらってやるうちに

青い色の感覚や
水のつめたさを思いだして
むすめの右の足ゆびは
かならず　ちぢむんだよ

あんたには
それができない

私のむすめよ
男をふかく寝床にしずめて
かくしておいた赤いミュールをはいて
うちにお帰り

はやく

ほうせんか

母さんが死んだ　から

つりふねそう科つりふね属一年草のほうせんかの種四十八粒を
少女はうら庭に蒔いてみる四十二本発芽した苗を少女は花壇の
左の端から植えてゆく

白いれいよんのスカートをはいてしゃがんだままうすいゴムの
手袋を両手にはめてやわらかい黒い土のなかに少女は

そっとゴムの手袋の指さきをいれる

しめってくるみつどのうどの指のさきに
ふれるまめ科クローバーなどの
小さな球根たちを
ほそい指先で
まさぐりよりわけながら
少女は紫のしそ科コリウスや桃色のやはりつりふねそう科イン
パチェンスのとなりのれんがとれんがのすきまにも植えてみた
やがて

ほうせんか四十二本の直立する茎くき互生する緑の葉につく母
さんの赤い花きりっと乱立して夏の朝赤いほうせんか母さんの
花びらを少女は四枚かさねて指のさきにのせ布を巻いて糸でし

ばりきうきうきう少女のほそい指のあま皮うす皮のすきまにも
ひたひたひたとしみこむ母さんの赤い色四枚ぶん指のさきから
血がながれる

母さんは死んだ　から

やよい坂の下のくらいうら庭で
白いれいよんのスカートの少女の
赤いほうせんかが咲いている

ホテイアオイ

ホテイアオイを育てましょう
うすみずあおが涼しげで
あさみどりの葉はふくらんで
ガラスの器に浮いている

そのふくらみ
ふえると聞いて
わたしは株をわけることにした

そのふくらみ
おんなの　くるぶしみたいで
わたしはすこしうろたえた

ホテイアオイ咲きくるぶし　こりこりふえつづけ
うすみずあお咲きあさみどりの

くるぶしすこしふえたので
だりや荘のおばあさんにあげると
そのふくらみ
おとこの　のどぼとけみたいと
はずかしそうにうけ取った

ホテイアオイ咲きのどぼとけ　こりこりふえつづけ
うすみずあお咲きあさみどりの

のどぼとけかなりふえたので
おくやまの川に五株すてにゆくと
おばあさんはすでに来ていて
はなしてあげるしかないねといっていた

わたしたちは泣きながら
このひとたちがとどまらないように
拝みながら
おんなの　くるぶしや
おとこの　のどぼとけを
ひと株ずつ川岸にはなした

ホテイアオイ咲きくるぶし　こりこりふえつづけ
うすみずあお咲きのどぼとけ　こりこりふえつづけ

ひげ根の下には泥のみず　だけど
おんなの　くるぶし
おとこの　のどぼとけ
からまりながら

いくつも海へ向かって
ながれてゆく

湯の桃

ぐじぐじと
しめった路地裏を
通りぬけるひとの
足音がする

あたらしい夜を迎えるには
何も考えないほうがいい

男は流しの下から
すこしへこんだ片手鍋をとりだす
砂糖と水を入れて火にかける

ちいさな桃
たいせつな桃
たおやかなまるみの桃は
流れる水で洗うこと

手のひらのなかで桃をさする
おさえつけないで桃をさする
うちがわをすべらせて桃をさする

ざらっとしたせなかのうぶげを

ていねいにとりのぞく

お湯がわいたら
いとしい桃
しずかに　しずめて
とろとろ　煮てゆく

きよらかなからだが
ゆよゆよと鍋のなかで
ふるえてゆれる

ゆるねいろ　なるにおい
さわらない
みるだけで　つながっている

かたがさめないように
お湯をかける
湯の桃はすなお
何も考えなくていい

時間は
そのまま
ねっとりしみこみ
ゆきわたる

ゆるといき　なるしずく

ねむりかけた湯の桃を

そろりと
とりだす

白いたいらな皿にのせる
指の先でうすい膜をむく

夜は　あたらしい

祖母の物語

水ひき草がしげる湿った匂いのするあずまやの　片隅の寝台に　祖母は長くて細い体を横たえていました　私は毎夜　祖母のそばで昔の話をきくのが好きでした　不思議なたましい話やうきよ話を　祖母は語ってくれました　語りおえると　祖母はのどが渇いたから　たまごがほしいと私に言いました　たまごのなかの　あたたかい水のようななかみを吸いたいというのです　寝台からゆるりと長い首をあげて　起きあがった祖母は　欠けた糸きり歯で　たまごに小さな穴をあけて吸いました　しなびたのどを上下にじょうずにうごかして　長い舌で　祖母はたまごのなかの　あたたかい

水のようななかみを　美味しそうに吸いあげました　ひだとしわの多いところをたぐりよせて　じゅるじゅるじゅる　ぬるいたまごのなま水が祖母の長いのどを伝わり　高さ低さ太さ細さをこえて　祖母ののどの奥の　深い池まで吸いこまれてゆきます　池にはあまたの骨がしずんでいます　のみこんだイモリのみこんだカエル　のみこんだアヒルのみこんだルーシィや　のみこまれたアルディの骨は　まわりにゼリーのような筋肉を残した　ありシアンぶるーやアリザりんレッドの　透明標本になってしずんでいます　池の後ろの方から風がふいてきて　ねまきの裾がめくれて　祖母の白い腹が見えました　深い池がすけて見えるくらい白い祖母の肌です多くのむくろたちをのみこんできた　祖母の肌のうるおいは　かくしようもありませんでした　みんなみんなやさしい人じゃったと　遠い目をして祖母は語ります　思い出はいつもゆがんだ光にてらされて　哀しみにあふれています　桃色の月の光が　祖母の長い細い体をいつまでも照らしていました

つくばい——あとがきにかえて

苔むしたつくばいに祈る姿でうずくまり、ながあめをためた窪みに向かい、呪文をとなえる。およそたましいのとうとさというものからかけはなれたさびついたこころにすみつくおにのことば　おろかさやあきらめなどのありふれた叙事でかさねるおんなのことば　つくばいの底はふかい。夜の空のようにふかい。長い首をした白い蓮の花がくらげのようにゆれながら咲いている。その下のしたにはかなしい目をした深海魚が住んでいる。銀のうろこを光らせて、ながあめの空の底から落ちてくることばをまっている。ふかい口をあけて。おにのことばをのみこみ　おんなのことばをそしゃくする　呪文がおわり、雨があがった。私はつくばいから腰をあげる。ベニシダのそばを通り、部屋へ戻ろうとする私の足もとを、銀色の長いいきものがすりぬけてゆく。

これまで詩を指導していただだ秋山基夫氏、助言をしてくださった瀬崎祐氏に感謝です。また詩集をつくるにあたって帯文を快く引き受けてくださった井坂洋子さん、装幀の写真を提供してくださった大河内信雄氏、思潮社の小田康之様、藤井一乃様、本当にお世話になりました。最後に、私の詩を支えてくれた主人と四人の娘達にもお礼を言いたいと思います。私にとって初めての詩集を、このような形で出すことができて感謝の気持ちでいっぱいです。

二〇一一年春

河邉由紀恵

桃《もも》の湯《ゆ》

著　者　河邉《かわべ》由紀恵《ゆきえ》
発行者　小田久郎
発行所　株式会社思潮社
〒一六二―〇八四二　東京都新宿区市谷砂土原町三―十五
電話〇三（三二六七）八一五三（営業）・八一四一（編集）
ＦＡＸ〇三（三二六七）八一四二
印　刷　三報社印刷株式会社
製　本　小高製本工業株式会社
発行日　二〇一一年五月二十五日